LE ROI GRIS

Données de catalogage avant publication (Canada)
Brémond, Mireille
    Le Roi gris
    (Collection Plus)
    Pour enfants de 7 à 10 ans.
    ISBN 2-89428-202-8
    I. Titre.

PZ23.B73Ro 1997   j843'.914   C97-940496-7

L'éditeur a tenu à respecter les particularités linguistiques des auteurs qui viennent de toutes les régions de la francophonie. Cette variété constitue une grande richesse pour la collection.

Directrice de collection : **Françoise Ligier**
Maquette de la couverture : **Marie-France Leroux**
Composition et mise en page : **Lucie Coulombe**

Nous remercions le Conseil des Arts du Canada de l'aide accordée à notre programme de publication.

ISBN   2-89428-202-8

Dépôt légal/3e trimestre 1997
Bibliothèque Nationale du Québec
Bibliothèque Nationale du Canada

Imprimé au Canada

LE ROI GRIS

Mireille Brémond

Illustré par
Daniela Zekina

Collection Plus
dirigée par Françoise Ligier

HURTUBISE
HMH

Mireille BRÉMOND est née en Afrique, mais elle habite maintenant la Provence, en France. Elle travaille à Aix-en-Provence, à l'université, où elle enseigne le français aux étudiants étrangers. Mais son grand sujet d'intérêt, c'est la mythologie grecque. Elle a écrit sa thèse de doctorat sur le mythe de Prométhée. À ses deux garçons et à leurs amis, elle raconte toutes sortes d'histoires sur l'antiquité et les personnages réels ou imaginaires de cette époque. *Le Roi gris* est le premier livre qu'elle écrit pour les jeunes.

Daniela ZEKINA a fait ses études en dessin et illustration à l'Académie des Beaux-Arts de Sofia, en Bulgarie. Pour les enfants de ce pays, elle a créé plus d'une dizaine de livres déjà. Ses illustrations ont été sélectionnées pour des expositions, en particulier celle de la Foire du livre de jeunesse, à Bologne, en Italie. Ses deux jeunes fils sont ses premiers admirateurs. Ils ont été ses meilleurs conseillers pour son dernier album *Le Chapeau magique*, aux éditions La courte échelle.

1

Il était une fois un roi qui habitait un grand palais. C'était un palais bien étrange : il était carré, et n'avait pas de fenêtres. Le soleil ne pouvait y entrer que par un seul endroit, une toute petite ouverture dans le toit, très exactement au centre du grand palais.

Ce palais était tout gris : les ardoises du toit étaient grises, les murs

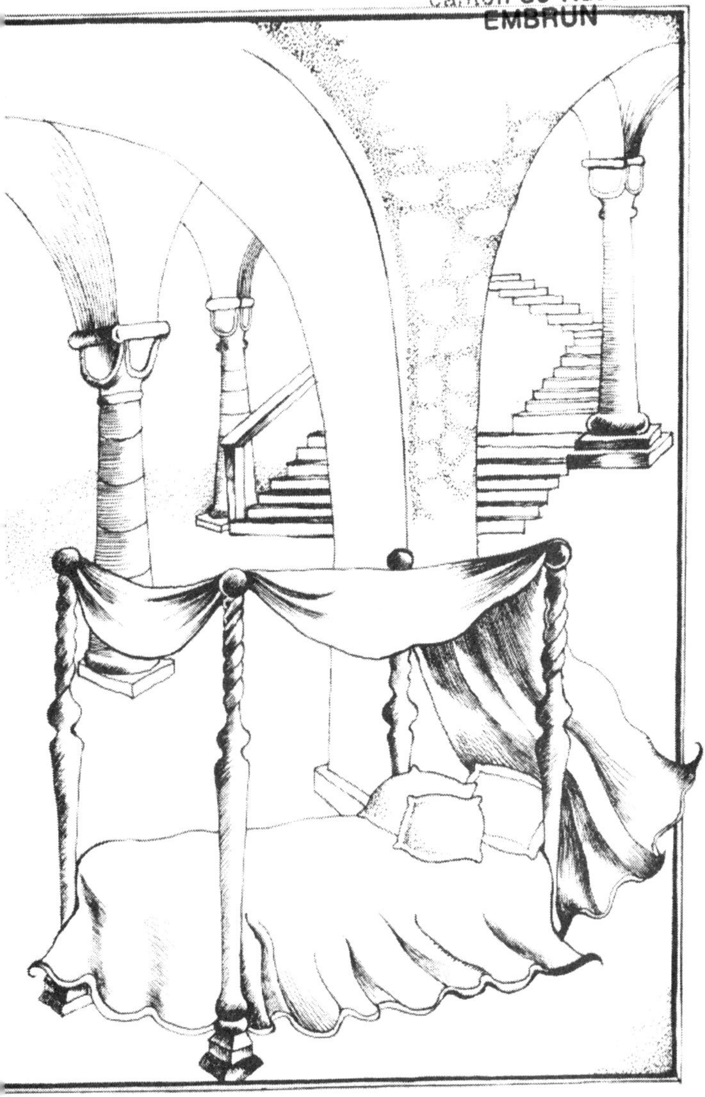

étaient gris, et même la lourde porte de bois était peinte en gris. L'intérieur était aussi triste que l'extérieur : il y avait peu de meubles, et ils étaient tous gris, comme les murs. On ne pouvait voir ni tableaux ni bibelots pour égayer cette demeure. Et dans la chambre à coucher, même les draps du lit étaient gris !

Personne n'était jamais entré dans ce palais. Personne n'avait le souvenir d'y avoir vu entrer quelqu'un. Il y avait si longtemps que le roi n'était pas sorti qu'on se demandait, dans le pays, s'il était encore vivant. Les rumeurs les plus extraordinaires circulaient sur ce roi et ce palais. Certains disaient que le roi n'était qu'un esprit, une espèce de fantôme ; pour d'autres, c'était un

monstre horrible, avec plusieurs bras, une tête de taureau, des ailes de vautour et une queue de serpent. Les uns disaient qu'il crachait du feu, les autres prétendaient qu'il n'avait jamais existé. On racontait aussi qu'il avait été tué un jour par un chevalier de passage. On disait encore beaucoup d'autres sottises.

Mais il ne faut pas croire tout ce que la rumeur colporte. Ce roi était tout à fait un être humain, comme toi et moi. Il avait deux bras, deux jambes, un nez au milieu de la figure et deux oreilles, une de chaque côté de la tête. Ses yeux et ses cheveux étaient gris, bien sûr! Mais il n'était pas monstrueux, non! simplement gris.

Si on l'avait bien observé, on aurait pu dire qu'il était même assez
beau. Mais il n'avait jamais souri.

Ce roi vivait seul et sa vie était
grise. Il ignorait la joie, le désir et
l'espoir; son cœur battait très lentement. Que dire de sa vie? Il passait le
temps à marcher sans hâte à travers
son palais gris. Parfois, il s'asseyait
sur son trône gris et il pensait que là
était tout l'univers et qu'il en était le
roi et le maître.

Les jours s'écoulaient pour lui, identiques, lents, monotones et vides. Jamais il n'avait entendu un oiseau chanter, jamais il n'avait vu de fleurs, de ruisseaux ou de montagnes; il n'imaginait même pas que toutes ces belles choses pouvaient exister. Jamais son cœur n'avait palpité de joie ni d'émotion et il ne connaissait du monde que les murs gris de son palais gris. Combien de temps cela a-t-il duré? Cent ans? Mille ans? Qui pourrait le dire?

Les nuits dans le palais n'étaient pas très différentes des jours; le gris devenait un peu plus sombre. Le roi ignorait le soleil, la lune et les étoiles. D'ailleurs, il ne connaissait pas les mots «jour» et «nuit». Il se disait : «il fait gris clair», il se levait et mettait ses vêtements gris. La journée commençait. Puis il se disait : «il fait gris sombre», et il allait se coucher.

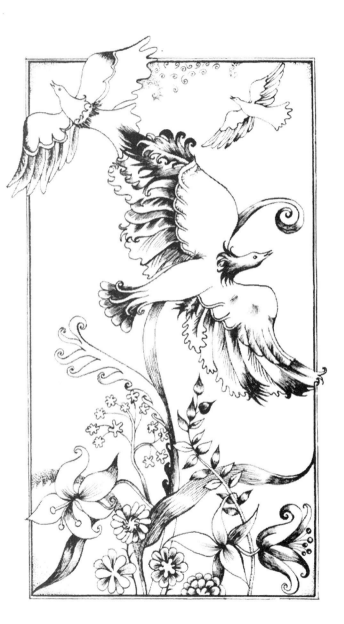

2

Une nuit, le roi fit un rêve. Il en fut très étonné car il n'avait jamais rêvé. Il ne connaissait même pas le mot «rêve». Cette nuit-là, dans ce rêve, il vit des choses inconnues. Il se trouvait dans un jardin fleuri et ensoleillé; il y avait des milliers de fleurs de toutes les couleurs; des parfums subtils, su-crés, parvenaient à ses narines. Il y avait des milliers d'oiseaux et leur

chant était si doux que le roi sentait,
à l'intérieur de lui, une boule dure
qui fondait lentement.

Le roi ignorait le nom de toutes
ces merveilles de la nature qu'il
voyait pour la première fois. Il sentait
sur sa peau la chaude caresse du

soleil et de la brise légère; une fontaine au centre du jardin, distribuait
généreusement son eau. Le roi se
pencha pour boire.

C'était un rêve très étrange. Toutes
ces sensations étaient trop nouvelles
et trop fortes: il se réveilla en criant.

Toutes les couleurs qu'il découvrait étaient si vives qu'elles lui faisaient mal aux yeux. Il ne connaissait de la vie que la lumière grise et douce de son palais. L'odeur des fleurs l'entêtait, le chant des oiseaux l'affolait. Dans son immense palais vide, les bruits extérieurs ne lui parvenaient que très faiblement, comme un ron-ron monotone. Il voulut fuir. Mais il sentit alors une main se poser sur son front et une voix, une voix chaude et douce comme il n'en avait jamais entendu, lui dit :

— Ne crains rien. Toutes ces merveilles sont à toi, elles sont la vie, et elles se trouvent à l'intérieur de ton palais gris, derrière la porte de joie.

Le lendemain, à son réveil, le roi était très troublé en se souvenant de ce rêve. Il ne fit pas sa promenade habituelle ; il resta toute la journée assis sur son trône, songeant aux images de la nuit.

Le jour suivant, il fut un peu déçu, car il avait espéré revoir le rêve coloré. À partir de ce jour, il n'eut qu'une idée en tête : trouver ce jardin caché au cœur de son palais. Mais celui-ci était immense, les grandes pièces grises se succédaient et toutes les portes étaient identiques. Il le parcourait en tous sens depuis longtemps, mais il n'avait jamais vu la porte de joie.

3

 **Pendant des années, le roi chercha, mais il ne trouva jamais ni** la porte ni le jardin. Au début, il était plein d'enthousiasme, puis il oublia peu à peu la vision odorante et colorée. Mais il continuait à se promener dans son palais et, un jour, il trouva devant lui une petite porte grise à laquelle il n'avait jamais fait attention. Elle

était semblable aux autres, mais plus basse et plus étroite.

Alors, il se souvint de son rêve, mais la porte était fermée et il n'avait pas les clefs avec lui. Il dut refaire le chemin dans un sens, puis dans l'autre. Cela dura longtemps, car le palais était réellement très grand et il était facile de s'y perdre. Puis, quand il fut de nouveau devant la petite porte avec le trousseau de clefs, il dut chercher pendant un long moment la bonne clef. Les portes étaient nombreuses et chacune avait une clef différente. Enfin, l'une d'elles

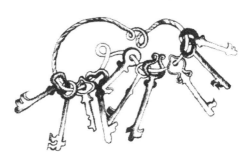

tourna dans la serrure et le roi hésita. La main sur la poignée, il éprouvait une espèce de peur.

Finalement, il se décida à pousser la porte et, devant lui, se trouvait le jardin, comme il l'avait vu dans son rêve. Il n'en croyait pas ses yeux et il avait bien envie de se pincer pour être sûr qu'il ne dormait pas.

Il se trouvait au centre de son palais gris et, pour la première fois de sa vie, il voyait le soleil. La lumière l'éblouissait bien plus que dans son rêve, le parfum des fleurs le suffo-

quait, le chant des oiseaux l'effrayait. Il ferma les yeux, se boucha les oreilles, et aurait bien voulu aussi se boucher les narines. Les oiseaux volaient autour de lui et frôlaient son visage de leurs ailes.

Son cœur se mit à battre violemment. Il lui faisait mal. Il comprit pour la première fois qu'il avait un cœur. Et le pauvre roi était terrorisé de ces coups sourds, comme des coups de poing, qu'on lui donnait de l'intérieur. Son rêve merveilleux se transformait en cauchemar.

Il fut tenté de s'enfuir. Tout était trop différent de ce qu'il avait connu jusque là. Il était choqué, furieux de

découvrir que tant de choses qu'il ignorait et ne maîtrisait pas, vivaient dans son palais. Et c'était la première fois qu'il se mettait en colère.

Il retourna vers la porte, mais au moment où il allait la pousser, il se souvint de la main sur son front, de la voix douce et chaude qui lui disait de ne pas avoir peur.

4

 **Alors, il pénétra dans le jardin, il respira profondément et** regarda plus calmement autour de lui.

C'était un vaste carré entouré de hauts murs de pierre devant lesquels se trouvaient de grands pins et de grands cyprès. Il y avait un petit chemin de sable blanc qui conduisait jusqu'à la fontaine qu'il avait vue dans son rêve. C'était une belle fontaine de pierre, ronde. L'eau en

sortait par une tête de femme et elle se jetait dans un petit bassin à deux étages où nageaient des poissons rouges, noirs, jaunes et blancs.

Devant ses pieds, une prairie parsemée de mille fleurs des champs, de ces minuscules fleurs bleues, blanches, jaunes, roses : pâquerettes, violettes, pissenlits et beaucoup d'autres fleurs dont il ignorait le nom. À la hauteur de ses yeux, des dizaines de rosiers aux nuances variées, des arbustes en fleur. Tout au fond du jardin, sous les pins, un banc et des fauteuils garnis de coussins.

En levant la tête, il pouvait admirer les arbres chargés de fruits colorés et appétissants : cerises brillantes, rondes et juteuses qui fondaient dans la bouche, abricots, raisins

dorés, figues au goût de miel, prunes
jaunes.

Après un moment d'hésitation, le
roi avait tendu les mains et goûté à
tout. Jamais il n'avait rien mangé d'aussi
bon. Et il ne pouvait pas trouver

étrange que les cerises mûrissent en même temps que les raisins, car quelques minutes avant, il ne savait même pas que tout cela existait.

Il sentit la douce brise qui caressait ses bras, admira les fleurs multicolores, s'approcha d'elles et s'habitua peu à peu à leur parfum qu'il finit par trouver agréable. Tulipes, roes, giroflées, lavande, iris, fourmillaient d'abeilles, de bourdons qui les butinaient. Au

début, le roi crut que les fleurs chantaient elles aussi. Mais après les avoir observées de plus près, il comprit qu'elles étaient muettes.

Petit à petit, il apprécia aussi le chant mélodieux des oiseaux. Et, à l'intérieur de son corps, il éprouvait la même sensation que dans son rêve : l'impression que tous ses muscles s'assouplissaient, qu'une boule dure fondait. Il se pencha vers la fontaine pour boire son eau. Elle était délicieusement fraîche. Puis, il s'arrosa le visage et les cheveux, s'ébroua comme un jeune chiot qui sort de l'eau, et il rit. Il s'arrêta tout de suite, étonné du son qui sortait de sa bouche.

Ensuite, il fit le tour du jardin, s'arrêtant devant chaque plante, observant les oiseaux qui n'étaient pas farouches. Au bout d'un long moment, il avança la main vers un rouge-gorge; celui-ci se laissa attraper et le roi le caressa. Il fut surpris de la douceur que ressentait sa main.

C'était bien la première fois qu'il caressait quelque chose.

Enfin, il s'allongea à l'ombre d'un chêne, sur une chaise longue, et il leva les yeux au ciel. Il n'était plus ébloui par le soleil car les branches de l'arbre le protégeaient ; c'est alors qu'il remarqua le bleu du ciel. C'était un bleu intense, profond, lumineux, un bleu de ciel de Provence après un coup de mistral, un bleu qui vous donne envie d'avoir des ailes et de suivre les oiseaux dans leurs jeux.

5

**On ne sait pas com-
bien de temps il
resta dans le jardin**,
mais lorsqu'il voulut
retourner dans le palais gris, le palais
gris n'était plus là. Il pensa tout
d'abord qu'il avait mal regardé et il se
frotta les yeux. Puis, il espéra qu'il
était à nouveau en train de rêver, il
allait bientôt se réveiller. Quand il
comprit qu'il ne dormait pas, il
éprouva une angoisse terrible. Que

s'était-il passé? Il ne comprenait rien.

Il aurait voulu crier, mais le jardin était toujours là, aussi beau, fleuri et parfumé. Le roi se coucha dans l'herbe tendre et se mit à pleurer. Et plus il pleurait, plus il se sentait léger, et moins il avait peur.

Il pleura très longtemps. Lorsqu'il se releva, il vit autour de lui, à la place du grand palais gris, une merveilleuse demeure aux mille fenêtres. Elle avait des murs en pierre d'un jaune clair, un toit de tuiles rouges, une terrasse agréable : deux marches descendaient au jardin.

Cette maison semblait l'appeler. Il s'en approcha et vit par les fenêtres ouvertes au soleil printannier, de grandes salles bellement décorées.

Sur les tables, recouvertes de jolies nappes brodées, se trouvaient des carafes de sirop, des plats couverts de gâteaux, de crèmes glacées et de fruits. Des montagnes de fraises, de framboises, de myrtilles, de gâteaux

au chocolat, de choux à la crème, de bonbons, semblaient l'inviter au goûter.

Aux murs, se trouvaient des tableaux merveilleux, des tapisseries aux riches couleurs, des miroirs et,

pour la première fois, le roi put se regarder. Il lui fallut un moment pour comprendre que c'était son image qui lui était renvoyée. Il était jeune et beau, il avait un visage ouvert et aimable, des cheveux châtains. De sa vie antérieure, il ne restait que ses yeux gris. Alors, il comprit qu'il possédait la joie, il se sourit et commença à chanter.

Qui était ce roi? Mais c'est toi, ou bien moi! C'est chacun d'entre nous. Certains ne se doutent jamais qu'au cœur de leur palais gris est la source de joie. D'autres ne trouvent jamais la clef qui en ouvre la porte. D'autres, enfin, ont si peur en découvrant le jardin, qu'ils rentrent en courant s'enfermer dans leur palais gris. Et toi, sauras-tu découvrir en toi la clef, la toute petite clef de la toute petite porte de joie?

LE PLUS DE
Plus

Réalisation:
Flavia Garcia

Une idée de
Jean Bernard Jobin
et Alfred Ouellet

Avant la lecture

Connais-tu ces fleurs ?

Associe les noms des fleurs aux dessins.

1. une tulipe
2. un pissenlit
3. une rose
4. un iris
5. une violette
6. une pâquerette

L'intrus

Trouve l'intrus dans chacune des séries
suivantes :

1. gâteaux, crèmes glacées, fruits, fleurs
2. framboises, cerises, cyprès, prunes
3. rues, murs, fenêtres, toits
4. carafe, plat, table, verre
5. oiseau, insecte, bateau, avion

Au fil de la lecture

L'histoire du roi

Choisis la bonne réponse.

Avant le rêve

1. Le roi habitait
   a. tout seul.
   b. avec sa famille.
   c. avec son chat.

2. Le roi passait ses journées à
   a. lire des livres de chevaliers.
   b. marcher lentement à travers son palais.
   c. dormir dans son lit gris.

3. Le roi s'assoyait souvent sur son trône
   a. vert.
   b. rouge.
   c. gris.

Après le rêve

4. Le roi
    a. oublia vite les images du rêve.
    b. chercha le jardin caché dans son palais.
    c. sortit du château.

5. Dans le jardin de joie, le roi vit
    a. des choses merveilleuses qu'il ne connaissait pas.
    b. des choses qu'il connaissait déjà.
    c. un ciel couvert de nuages.

6. Dans ce conte, on nous apprend que
    a. le bonheur est en soi.
    b. personne ne peut trouver la clef du bonheur.
    c. tout le monde est heureux.

Le jardin de joie

Le roi a finalement trouvé le jardin de joie et il y a vu des choses extraordinaires.
Complète les affirmations de la colonne de gauche à l'aide des mots de la colonne de droite.

1.	Le roi admira les fleurs	a.	chargés de fruits, colorés, appétissants.
2.	Il apprécia le chant	b.	tendre.
3.	L'eau de la fontaine était	c.	multicolores.
4.	Le ciel était d'un bleu	d.	merveilleux.
5.	Il pouvait admirer les arbres	e.	mélodieux des oiseaux.
6.	Le roi se coucha dans l'herbe	f.	délicieusement fraîche.
7.	Il y avait derrière chaque porte	g.	intense, lumineux, profond.
8.	Aux murs se trouvaient des tableaux	h.	de grandes salles bellement décorées.

Trouve l'erreur

Voilà un dessin du jardin de joie. Trouve
3 erreurs.

Après la lecture

Problèmes

1. Le palais du roi gris compte 336 pièces.
   Le roi parcourt 6 pièces par jour.
   Combien de jours faudra-t-il au roi pour
   les parcourir toutes ?

2. Le jardin de joie se trouve derrière la
   cinquante-deuxième porte que le roi
   ouvre.
   Si le roi ouvre deux portes par jour
   depuis le 4 avril, quel jour le roi ouvre-t-il
   la porte du jardin de joie ?

Palais et résidences célèbres

Voici des palais célèbres dans le monde entier. Les connais-tu? Associe chaque palais à sa description.

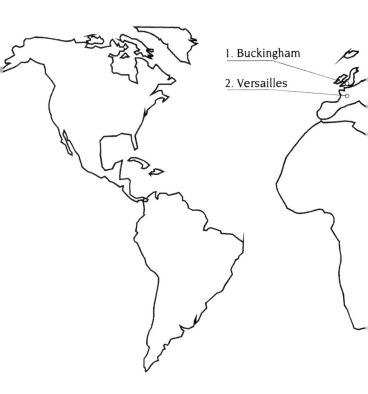

1. Buckingham

2. Versailles

a. Situé en France, non loin de Paris, ce château a une galerie des glaces très célèbre.
b. Situé à Londres, ce palais est la résidence actuelle de la reine d'Angleterre.
c. Ancien palais impérial, situé sur la célèbre place Rouge, à Moscou.
d. C'est la résidence du dernier empereur chinois, à Pékin.

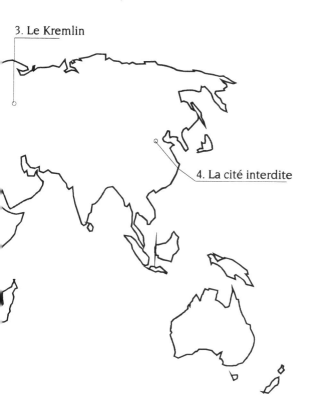

3. Le Kremlin

4. La cité interdite

La clef magique

Pour trouver le jardin de joie, le roi doit ouvrir de nombreuses portes. Il a donc un trousseau de clefs. Une seule clef ouvre la porte de joie. Trouve cette porte et la clef pour l'ouvrir.

La clef **a** ouvre la porte 1 mais pas la porte 3
La clef **b** n'ouvre ni la porte 1 ni la porte 2
La clef **c** ouvre la porte 3 mais pas la porte 1
La clef **d** ouvre la porte 1 et la porte 2
La clef **e** n'ouvre pas la porte 1 mais ouvre la porte 2

La Provence

La Provence est une très belle région du sud de la France.

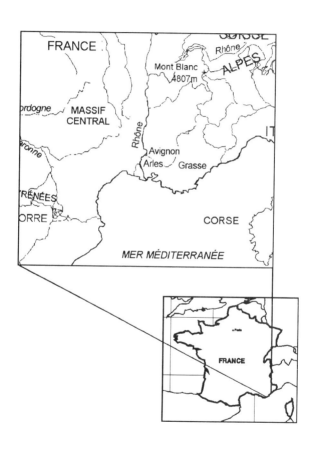

Le climat de la Provence est exceptionnel. Les hivers sont courts. En été, il fait chaud et il ne pleut pas beaucoup. Le mistral est un vent violent qui descend de la vallée du Rhône après la pluie et dégage le ciel rapidement. Voilà pourquoi le ciel devient d'un bleu profond, intense et limpide, tel que le voit le roi gris.

De nombreux peintres ont aimé la lumière et les bleus du ciel de Provence. Tu peux chercher dans une encyclopédie des reproductions de tableaux de Van Gogh, Cézanne, Matisse ou Picasso.

Les titres impossibles

Le livre s'intitule *Le roi gris.* Maintenant tu connais la fin de l'histoire, trouve deux titres qui ne conviennent pas dans la liste des titres suivants :

Le jardin du bonheur
Roi et Dragon
La clef du bonheur
Solitude royale
Filles du roi
Le bonheur au jour le jour

Solutions

Avant la lecture

Connais-tu ces fleurs ?
1. e ; 2. d ; 3. a ; 4. c ; 5. b ; 6. f.

L'intrus
1. fleurs ; 2. cyprès ; 3. rues ; 4. table ; 5. bateau.

Au fil de la lecture

L'histoire du roi
1. a ; 2. b ; 3. c ; 4. b ; 5. a ; 6. a.

Le jardin de joie
1. c ; 2. e ; 3. f ; 4. g ; 5. a ; 6. b ; 7. h ; 8. d.

Trouve l'erreur
La fontaine avec une tête d'animal, le chien, les deux canards dans la fontaine.

Après la lecture

Problèmes
1. 56 jours pour parcourir toutes les pièces.
2. Le 29 avril.

Palais et résidences célèbres
1. b ; 2. a ; 3. c ; 4. d.

La clef magique
La clef C ouvre la porte du jardin de joie qui est la porte numéro 3.

Les titres impossibles
Roi et Dragon ; Filles du roi.